妖怪捕物帖《ようかいとりものちょう》

激闘《げきとう》！雪地獄《ゆきじごく》妖怪富士《ようかいふじ》

天怪篇 弐《に》

主人公《しゅじんこう》・いなりのコン七《しち》とその仲間《なかま》たち

いなりのコン七《しち》

この物語《ものがたり》の主人公《しゅじんこう》。たくさんの妖怪《ようかい》たちが暮《く》らしている妖怪《ようかい》お江戸《えど》の町《まち》で、岡《おか》っ引《び》きをしている（岡《おか》っ引《び》きとは、いまで言《い》うと警察官《けいさつかん》や探偵《たんてい》のようなもの）。シッポが七本《ななほん》あるキツネの妖怪《ようかい》で、いろいろなものに化《ば》ける「変化《へんげ》の術《じゅつ》」や、炎《ほのお》をあやつる「狐火《きつねび》の術《じゅつ》」が得意《とくい》！

わらじのワ助《すけ》

コン七《しち》の弟分《おとうとぶん》で、「わらじ」のつくも神妖怪《がみようかい》。つくも神妖怪《がみようかい》とは、古《ふる》い道具《どうぐ》などが、長《なが》い年月《ねんげつ》を経《へ》て妖怪《ようかい》になったものだ。

ハリネズミのゼロ吉《きち》

全身《ぜんしん》に鋭《するど》い毛《け》が生《は》えているハリネズミの妖怪《ようかい》。かつては「ハリネズミ小僧《こぞう》」と呼《よ》ばれる盗賊《とうぞく》だったが、いまではコン七《しち》と同《おな》じ長屋《ながや》に住《す》み、ときどき捕物《とりもの》の手助《てだす》けをしている。おいちという妹《いもうと》がいる。

おいち

ろくろっ首《くび》のお六《ろく》

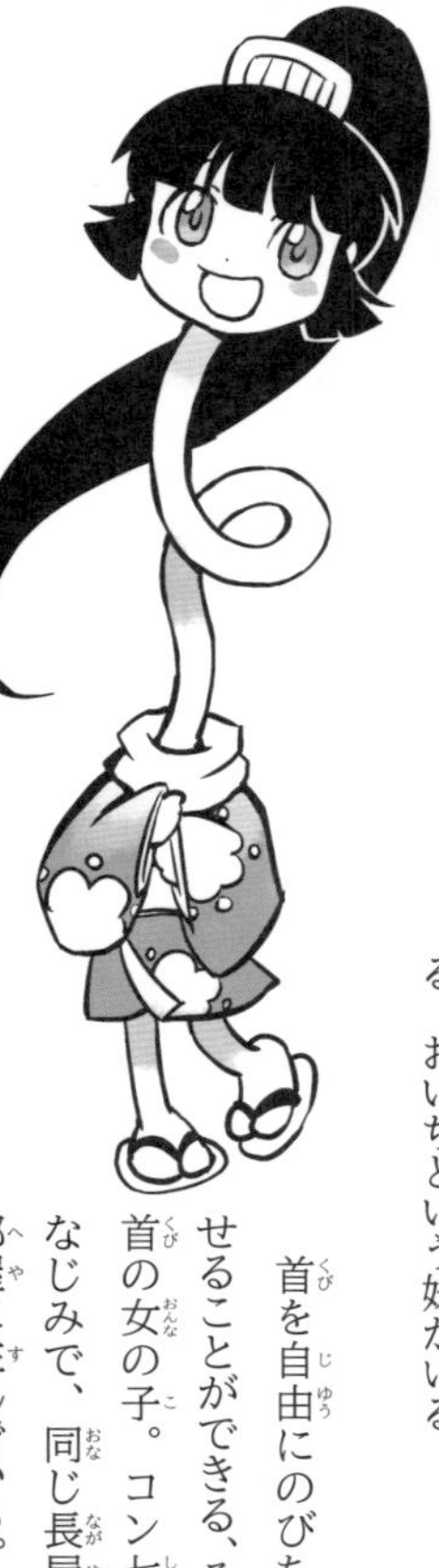

首《くび》を自由《じゆう》にのびちぢみさせることができる、ろくろっ首《くび》の女《おんな》の子《こ》。コン七《しち》とは幼《おさな》なじみで、同《おな》じ長屋《ながや》の隣《となり》の部屋《へや》に住《す》んでいる。

ようかいとりものちょう

妖怪捕物帖

天《てん》怪《かい》篇《へん》 弐《に》

激《げき》闘《とう》！雪《ゆき》地《じ》獄《ごく》妖《よう》怪《かい》富《ふ》士《じ》

作 大崎悌造
画 ありがひとし

岩崎書店

第《だい》一《いち》話《わ》 雪《ゆき》女《おんな》の涙《なみだ》

ここは妖怪《ようかい》富士《ふじ》——。
妖怪《ようかい》お江戸《えど》からはるか
西《にし》にあるこの山《やま》の中《なか》で、
人《ひと》知《し》れず、激《はげ》しい戦《たたか》いが
くりひろげられていました。

雪男《ゆきおとこ》の氷牙《ひょうが》は、口《くち》から冷《つめ》たい息《いき》を吐《は》いて、敵《てき》の一人《ひとり》をこおらせてしまいました。

「どうだ！　こたえなければ、残《のこ》りも全員《ぜんいん》、わしの氷結《ひょうけつ》の術《じゅつ》で、氷《こおり》づけにしてやるぞ！」

氷牙《ひょうが》は大声《おおごえ》でそう叫《さけ》びました。しかしそのとき……。

雪《ゆき》の中《なか》に
身《み》をひそめていた
もう一人《ひとり》の敵《てき》が、突然《とつぜん》
姿《すがた》をあらわしたのです！
ぶわっ
なにっ!?
眠《ねむ》れ！
ガッ
ブス
ううっ…。
ぐらっ

ずずん
スタッ
よしよし、妖忍《ようにん》どもよ、よくやった…。
ザッ
はっ!
そこにあらわれたのは、あの天怪《てんかい》でした。
雪男《ゆきおとこ》さえ手《て》に入《はい》れば、もうこっちのものじゃ。いよいよ、あれがよみがえるぞ!
天怪《てんかい》
くくく…
天怪《てんかい》は、いったいなにをたくらんでいるのでしょう?

それから十日《とおか》ほど
あとのこと——。

あったか鬼火《おにび》

その日《ひ》、コン七《しち》たちが住《す》む妖怪《ようかい》お江戸《えど》の町《まち》は、前《まえ》の夜《よる》から降《ふ》りつもった雪《ゆき》で、すっかり銀世界《ぎんせかい》と化《か》していました。

あ、コンちゃん、おはよう！
おう、おはよう。しかしよくつもったな…。

「ほんと、最近《さいきん》よく降《ふ》るよねぇ」

と、お六《ろく》が言《い》うように、ここのところ妖怪《ようかい》お江戸《えど》は、雪《ゆき》の日《ひ》が多《おお》いのです。

「まったく、こう寒《さむ》くっちゃ、顔《かお》を洗《あら》う気《き》にもならないぜ」

「ゼ、ゼロ吉《きち》！　てめえ、なにしやがる！」

「朝《あさ》っぱらから、なさけねえこと言《い》ってるからだ。これくらいの雪《ゆき》、オレの生《う》まれ故郷《こきょう》じゃいつものことさ」

ニヤリ
だったら、そのヤワな妖怪《ようかい》お江戸《えど》そだちのアッシと、勝負《しょうぶ》してみるかい？
ワ助《すけ》！でかした！
お、おもしれえ。二人《ふたり》まとめて相手《あいて》をしてやるぜ！
というわけで、たちまち雪合戦《ゆきがっせん》がはじまってしまいました。
おりゃ！
ビュッ
ヒュン
ヒュン
なんの！
くらえ！
やれやれ…。男《おとこ》ってやつは本当《ほんとう》に子《こ》どもだよね～。
はい…。

ところが、そのとき……！

するどくとがった
氷柱《つらら》が、ゼロ吉《きち》めがけて
降《ふ》ってきたのです！

「ゼロ吉《きち》、だいじょうぶか!?」

コン七《しち》が心配《しんぱい》してかけよります。

「ああ！　けど、また来《く》るようだ！」

再《ふた》び空《そら》から氷柱《つらら》が降《ふ》ってきました。

「なんだか知《し》らねえが、相手《あいて》になるぜ！」

バリン
バリン
ジュッ
ジュッ
飛《と》んできた氷柱《つらら》は、コン七《しち》が放《はな》った狐火《きつねび》とゼロ吉《きち》が放《はな》った飛《と》び針《ばり》により、すべて撃《う》ち落《お》とされました。
いったい、だれがこんなことを…？
あ〜ビックリした！
この氷柱《つらら》、まさか……。
ふふふ、妖怪《ようかい》お江戸《えど》にいても腕《うで》はなまっちゃいないようだね。
そ、その声《こえ》は？

ひさしぶりだね、ゼロ吉《きち》!
美雪《みゆき》!やっぱりおまえか!
雪女《ゆきおんな》の美雪《みゆき》
美雪《みゆき》ねえさん!
おいち!あんたも元気《げん き》そうだね。
だ、だれなんだ?
さあ…

ゼロ吉《きち》は、おどろいているコン七《しち》たちに、美雪《みゆき》を紹介《しょうかい》しました。

「こいつは、オレの幼《おさな》なじみで、雪女《ゆきおんな》の美雪《みゆき》っていうんだ」

「へ〜、そうなのか？」

「じゃあ、ゼロ吉《きち》さんと同《おな》じ、妖怪富士《ようかいふじ》の出身《しゅっしん》かい？」

「まあな。オレやおいちがくらしていたのは山《やま》のふもとの村《むら》だが、美雪《みゆき》は、もうすこし山《やま》をのぼったところに、オヤジさんと二人《ふたり》で住《す》んでいるんだ」

でも、村《むら》のみんなとも、とても仲《なか》がいいんです。わたしも小《ちい》さいころ、よく一緒《いっしょ》に遊《あそ》んでもらいました。それに、にいさんとはいつも妖術《ようじゅつ》くらべをしてたんですよ！
そうだったね
へ〜

けど、美雪《みゆき》、
なんだって急《きゅう》に
妖怪《ようかい》お江戸《えど》に
出《で》てきたんだ?
そ、それは…。
ポロッ
お願《ねが》いだ、ゼロ吉《きち》!
助《たす》けておくれよ!
お、おい、
どうしたっていうんだ?
父《とう》ちゃんが……
父《とう》ちゃんがさらわれ
ちまったんだよ!
なに! 氷牙《ひょうが》の
おっちゃんが
さらわれただと!?
この美雪《みゆき》の来訪《らいほう》
こそが、雪《ゆき》の妖怪《ようかい》
富士《ふじ》を舞台《ぶたい》に
くりひろげられる、
激《はげ》しい戦《たたか》いの、
はじまりだった
のです。

ちょっといっぷく 妖怪紹介《ようかいしょうかい》しようかい？

氷牙《ひょうが》と美雪《みゆき》編《へん》

氷牙《ひょうが》と美雪《みゆき》は、妖怪富《ようかいふ》士《じ》の山《やま》の中《なか》でくらす仲《なか》のいい親子《おやこ》。美雪《みゆき》は、ふもとの針子津村《はりねづむら》に住《す》んでいたゼロ吉《きち》やおいちとは幼《おさな》なじみで、小《ちい》さいころからよく一緒《いっしょ》に遊《あそ》んでいたんだ。美雪《みゆき》のお母《かあ》さん（氷牙《ひょうが》のおくさん）は、美雪《みゆき》がまだ小《ちい》さいころに病気《びょうき》で亡《な》くなっているぞ。

●家《いえ》は氷《こおり》の洞《どう》くつ

二人《ふたり》が住《す》んでいるのは、妖怪《ようかい》富士にある洞くつの中。一年中涼《すず》しくて、夏《なつ》の暑《あつ》さが苦手《にがて》な二人《ふたり》にはもってこいなんだ。

雪《ゆき》や氷《こおり》を自由《じゆう》にあやつることができる!

氷牙《ひょうが》と美雪《みゆき》は、雪《ゆき》や氷《こおり》を自由《じゆう》自在《じざい》にあやつる妖力《ようりょく》を持《も》っているんだ。また、冷《つめ》たい氷《こおり》の息《いき》を吐《は》きかけて、あらゆるものをこおらせることができるぞ!

氷牙《ひょうが》は大雪《おおゆき》を降《ふ》らせることもできる!

さらに氷牙《ひょうが》は、雪雲《ゆきぐも》を発生《はっせい》させ、広《ひろ》い範囲《はんい》に雪《ゆき》を降《ふ》らせる力《ちから》も持《も》っているんだ。美雪《みゆき》は、まだこの力《ちから》は身《み》につけていないぞ。

第《だい》二《に》話《わ》　小《ちい》さな大将軍《だいしょうぐん》

ゼロ吉《きち》は、美雪《みゆき》を自分《じぶん》の家《いえ》にまねき入《い》れ、くわしい話《はなし》を聞《き》くことにしました。

十日《とおか》ほど前《まえ》のことだ。父《とう》ちゃんは、一人《ひとり》で妖怪富士《ようかいふじ》にのぼってくると言《い》って家《いえ》を出《で》て、それっきり姿《すがた》を消《け》した……。

氷牙《ひょうが》は、山《やま》に入《はい》れば、家《いえ》に二《に》、三日《さんにち》帰《かえ》ってこないことはよくあるので、最初《さいしょ》は美雪《みゆき》も気《き》にとめていませんでした。

「けど、五日《いつか》たってももどらないから、さすがに心配《しんぱい》になってきてね。あたしも、父《とう》ちゃんをさがすために、妖怪富士《ようかいふじ》にのぼってみたんだよ。そうしたら、山頂《さんちょう》に着《つ》く前《まえ》に、ヘンなやつらにおそわれたんだ」

「なにっ！　おそわれただと!?」

「そいつら、はじめて見《み》る連中《れんちゅう》だったよ。まるでヤモリのような姿《すがた》をしてて、動《うご》きは忍者《にんじゃ》みたいにすばやかった！」
という美雪《みゆき》の説明《せつめい》を聞《き》き、コン七《しち》はいやな予感《よかん》がしました。

ヤモリのような忍者《にんじゃ》……まさか……。
アニキ…それって…

「とにかくそいつらは、やたら手強《てごわ》くて、あたし一人《ひとり》じゃまるで　歯《は》がたたなかった。その場《ば》から、なんとか逃《に》げだすのが精一杯《せいいっぱい》だったよ…」

そうか…。けどまぁ、おまえが無事《ぶじ》でよかったよ。
本当《ほんとう》に…

ゼロ吉《きち》…。

で、美雪《みゆき》さんはそいつらがおとっつぁんをさらったと思《おも》ってるんだね？
証拠《しょうこ》があるわけじゃないけどね…。でも、父《とう》ちゃんが姿《すがた》を消《け》してから、妖怪富士《ようかいふじ》にものすごい大雪《おおゆき》が降《ふ》りはじめたんだ！ それも、雪女《ゆきおんな》のあたしでさえこれまで見《み》たことがないような大雪《おおゆき》で、ふもとの村《むら》もあっという間《ま》に雪《ゆき》に埋《う》まっちまったよ。
えっ！ 針子津村《はりねづむら》が雪《ゆき》に!?

「心配《しんぱい》ないよ、おいち。針子津村《はりねづむら》の人《ひと》たちはみんな無事《ぶじ》だからね」

それを聞《き》いて、ゼロ吉《きち》とおいちは、ひとまず胸《むね》をなで下《お》ろしました。

「ただ、そのあとも、大雪《おおゆき》の範囲《はんい》はどんどんひろがっていってね…。いまじゃ、妖怪富士《ようかいふじ》からかなりはなれた場所《ばしょ》にまで、雪《ゆき》がたくさん降《ふ》りつもってるよ」

「それじゃ、最近《さいきん》の妖怪《ようかい》お江戸《えど》の雪《ゆき》も…」

「うん、妖怪富士《ようかいふじ》の大雪《おおゆき》の影響《えいきょう》だと、あたしは思《おも》ってるんだ」

美雪《みゆき》はそう言《い》い切《き》りました。

「けど美雪《みゆき》さん、その大雪《おおゆき》と、
おとっつぁんがさらわれたことと、
どう関係《かんけい》あるんだい？」

「あたしの父《とう》ちゃんは、雪《ゆき》を
降《ふ》らせる妖力《ようりょく》を持《も》っているのさ。
父《とう》ちゃんをさらったやつらは、その
妖力《ようりょく》を父《とう》ちゃんにむりやり使《つか》わせ、
今回《こんかい》の大雪《おおゆき》を降《ふ》らせてるんだよ！」

ふむ、それなら
たしかに大雪《おおゆき》の
説明《せつめい》はつくな……。
だが問題《もんだい》は、やつらが
なんのために、大雪《おおゆき》を
降《ふ》らせているかだ。

だからゼロ吉《きち》、あたしと
一緒《いっしょ》に妖怪富士《ようかいふじ》にのぼって、
父《とう》ちゃんをさがすのを
手伝《てつだ》っておくれよ！
それはいいけど、
妖怪《ようかい》お江戸《えど》にいるオレのところに
来《く》るより、針子津村《はりねづむら》のじいちゃんに
たのんだ方《ほう》がずっと早《はや》いだろ？
なんでそうしないんだ？

ゼロ吉《きち》のおじいさんは、かつては腕《うで》のいい
忍者《にんじゃ》でした。年《とし》をとったいまも、まだまだ
その腕《うで》はおとろえていません。
ゼロ吉《きち》がつかう忍術《にんじゅつ》も、
ほとんどそのおじいさんから
教《おそ》わったものなのです。

「なんでも、雪《ゆき》かきをしていて
なったらしいよ」
「やれやれ、じいちゃんも、
寄《よ》る年波《としなみ》には勝《か》てないか……」
「それで三太夫《さんだゆう》さんが、妖怪《ようかい》お江戸《えど》の
ゼロ吉《きち》をたずねろって、あたしに言《い》って
くれたんだ」
「よし、話《はなし》はわかった！　オレも、
氷牙《ひょうが》のおっちゃんのことが心配《しんぱい》だ。美雪《みゆき》、
これからすぐ妖怪富士《ようかいふじ》に向《む》かおうぜ！」
「本当《ほんとう》かい、ゼロ吉《きち》！　恩《おん》に着《き》るよ！」

「というわけだ、おいち。ちょっと行《い》ってくるぜ!」
「それじゃ、わたしも一緒《いっしょ》に……」
「いや、なにがあるかわからないから、おまえはここで留守番《るすばん》してろ。そのかわり、全部《ぜんぶ》片付《かたづ》いたら、一度《いちど》村《むら》に帰《かえ》ればいいさ。じいちゃんのことも心配《しんぱい》だしな」
「うん、わかったわ、にいさん……」

「もちろんオイラも一緒《いっしょ》に行《い》くのさ。人さらいと聞いちゃ、見すごせねえからな」

「けど、おまえは妖怪《ようかい》お江戸《えど》の岡《おか》っ引《び》きだろ? 妖怪富士《ようかいふじ》でおきた今回《こんかい》の事件《じけん》は、全然関係《ぜんぜんかんけい》ねえじゃねえか」

「なに言《い》ってやがる。おまえの知《し》り合《あ》いがさらわれたんだ。岡《おか》っ引《び》きとしてじゃなく、助《すけ》っ人《と》として行《い》くんだよ」

「コン七《しち》……おまえってやつは……」

ゼロ吉《きち》は、言葉《ことば》につまりました。

「じゃ、ちょっくら家《いえ》に帰《かえ》って、旅《たび》の支度《したく》をしてくるぜ」

そう言《い》ってコン七《しち》が外《そと》に出《で》ると、コン七《しち》の家の前に、一人の男が立《た》っていました。

それは、コン七《しち》が以前《いぜん》助《たす》けた百目鬼《どうめき》でした。

あっ、あんたは!!
ニヤリ
百目鬼《どうめき》の眼魔《がんま》

コン七《しち》のおどろいた声《こえ》を聞《き》きつけ、ワ助《すけ》たちも外《そと》に出《で》てきました。

百目鬼《どうめき》の眼魔《かんま》は、コン七《しち》に話《はな》しかけました。

「コン七《しち》親分《おやぶん》、これからわたしと一緒《いっしょ》に来《き》てくれませんか? 親分《おやぶん》に会《あ》いたがってるお人《ひと》がいるんです」

「オイラに会《あ》いたがってる人《ひと》? いったいだれだ?」

「はい、妖怪《ようかい》お江戸城《えどじょう》にいる将軍様《しょうぐんさま》です」

将軍様《しょうぐんさま》…すなわち妖怪大将軍《ようかいだいしょうぐん》は、この国全体《くにぜんたい》をおさめているえらい殿様《とのさま》です。

相手《あいて》が将軍《しょうぐん》では、
さすがにことわる
わけにはいきません。
「すまねえ、ゼロ吉《きち》。
先《さき》に行《い》っててくれ。
用事《ようじ》がすんだらすぐに
オイラも追《お》いかける」
「わかった。それじゃ
美雪《みゆき》、行《い》こうか！」
「あいよ！」
美雪《みゆき》はそう言《い》うと、
指笛《ゆびぶえ》を吹《ふ》きました。

すると、雪《ゆき》の中《なか》から、巨大《きょだい》な
二匹《にひき》の狼《おおかみ》があらわれたのです！

それは、美雪《みゆき》が小《ちい》さい頃《ころ》から飼《か》っている雪狼《ゆきおおかみ》という狼《おおかみ》の妖怪《ようかい》で、ゼロ吉《きち》やおいちとも大《だい》の仲良《なかよ》しなのです。

雪狼《ゆきおおかみ》は、妖術《ようじゅつ》はあまり使《つか》えませんが、雪《ゆき》の上《うえ》をものすごい速《はや》さで走《はし》ることができます。

ゼロ吉《きち》と美雪《みゆき》は、慣《な》れた動作《どうさ》で、雪狼《ゆきおおかみ》にまたがりました。

おい、ゼロ吉《きち》。今回《こんかい》の事件《じけん》には、例《れい》の天怪《てんかい》がかかわってるかもしれねえ…。気《き》をつけろよ！

心配《しんばい》するな！おまえが来《く》る前《まえ》に、全部《ぜんぶ》片付《かたづ》けといてやるよ！

さあ、行《い》けっ！

オオーーン
はやっ！！

それじゃ、さっさと将軍様《しょうぐんさま》のところに案内《あんない》してもらおうか。

将軍《しょうぐん》は、妖怪《ようかい》お江戸《えど》の中心《ちゅうしん》にそびえる、妖怪《ようかい》お江戸城《えどじょう》に住《す》んでいます。
眼魔《がんま》はコン七《しち》を、その妖怪《ようかい》お江戸城《えどじょう》につれて行《い》きました。
コン七《しち》はすぐ、将軍《しょうぐん》がいる大広間《おおひろま》に通《とお》されました。
その方《ほう》がいなりのコン七《しち》か?
将軍様《しょうぐんさま》がお待《ま》ちかねである!
へい!
将軍《しょうぐん》の側近《そっきん》 鍬山形之進《くわやまかたのしん》
将軍《しょうぐん》の側近《そっきん》 髪川切之丞《かみかわきりのじょう》

しかし、将軍《しょうぐん》の姿《すがた》は
どこにも見《み》えません。
はて、座布団《ざぶとん》が
あるだけだが…。
将軍《しょうぐん》様《さま》はまだ来《き》て
ねえのかな？
すると突然《とつぜん》、
座布団《ざぶとん》の上《うえ》から
声《こえ》がしたのです。
そこからでは遠《とお》すぎて、
余《よ》が見《み》えぬであろう。
苦《くる》しゅうない、
もそっと近《ちこ》うよれ！
えっ？
言《い》われたとおり、
コン七《しち》が近《ちか》よって
みると……。
余《よ》が
将軍《しょうぐん》じゃ！
よっ！
なんちゃって…
ええっ!?
妖怪大将軍《ようかいだいしょうぐん》

「コン七《しち》、気《き》にするでない。じゃがのう、じつを言《い》うと、昔《むかし》の余《よ》は、もっと大《おお》きくて、もっと強《つよ》そうだったのじゃ」

「そ、そうなんですか？」

「余《よ》をこんな姿《すがた》にしたのは、天怪《てんかい》なのじゃ」

「えっ！　天怪《てんかい》が!?」

そなた、月光《げっこう》で天怪《てんかい》と戦《たたか》った そうじゃの。 では、余《よ》と天怪《てんかい》との関係《かんけい》については、どれくらい知《し》っておる?
は、はい……。

コン七《しち》は、自分《じぶん》が知《し》っていることを話《はな》しました。天怪《てんかい》が、かつて将軍《しょうぐん》の軍師《ぐんし》※として天下《てんか》の平定《へいてい》に協力《きょうりょく》したこと…。その後《ご》、二人《ふたり》は国《くに》の都《みやこ》として妖怪《ようかい》お江戸《えど》をつくったものの、やがて仲《なか》が悪《わる》くなり、天怪《てんかい》が将軍《しょうぐん》を暗殺《あんさつ》しようとしたこと…。しかし、そのたくらみがバレ、天怪《てんかい》が妖怪《ようかい》お江戸《えど》から追放《ついほう》されたこと…。それをうらんだ天怪《てんかい》は、将軍《しょうぐん》に復讐《ふくしゅう》するため、妖怪《ようかい》お江戸《えど》の壊滅《かいめつ》をたくらんでいること……それらすべてを、正直《しょうじき》に話《はな》したのです。

「ほほう、なかなかよく知《し》っておるではないか」

「はい…といっても、ほとんど知《し》り合《あ》いのじいさんからのまた聞《ぎ》きです」

※軍師《ぐんし》とは、戦《たたか》いの作戦《さくせん》などをたてるもののこと

「じゃが、阿修羅爺《あしゅらじい》が知《し》らないこともある。それは、天怪《てんかい》が余《よ》に呪術《じゅじゅつ》をかけたことじゃ」

「呪術《じゅじゅつ》？ 呪《のろ》いですか!?」

天怪《てんかい》は、妖怪《ようかい》お江戸《えど》から追放《ついほう》される前《まえ》、ひそかに、将軍《しょうぐん》の愛刀《あいとう》に呪《のろ》いをかけていきました。

「それを知《し》らなかった余《よ》は、
天怪《てんかい》を追放《ついほう》した数日後《すうじつご》、
何気《なにげ》なく愛刀《あいとう》を抜《ぬ》いた」

そのとき、天怪《てんかい》がかけた
強力《きょうりょく》な呪術《じゅじゅつ》を受《う》けた将軍《しょうぐん》は、
妖力《ようりょく》をうしない、姿《すがた》も小《ちい》さく
変《か》えられてしまったのです。

「そうだったんですか……」

「余《よ》は、天怪《てんかい》がかつて余《よ》の暗殺《あんさつ》をたくらんだときも、やつの命《いのち》までうばう気《き》にはなれなかった。だから、妖怪《ようかい》お江戸《えど》から追放《ついほう》しただけですませたのじゃ。呪《のろ》いでこんな姿《すがた》にされたいまも、その気持《きも》ちにかわりはない。なんと言《い》っても、以前《いぜん》はともに戦《たたか》った仲間《なかま》じゃ……。軍師《ぐんし》だった天怪《てんかい》のおかげで、余《よ》は将軍《しょうぐん》になれたと言《い》ってもいいほどじゃ。しかしやつが、余《よ》の命《いのち》だけでなく、この妖怪《ようかい》お江戸《えど》まで狙《ねら》っているとなると話《はなし》は別《べつ》じゃ！ ここに住《す》んでいる妖怪《ようかい》たちの平和《へいわ》なくらしは、なんとしても守《まも》らなければならん！」

「そこでコン七《しち》、ものは相談《そうだん》じゃが……そなた、これからも天怪《てんかい》の動向《どうこう》をさぐってもらえぬか？」

「え？　オイラがですか？」

「ああ。そして、なにかあればすぐ余《よ》にしらせてほしいのじゃ。もちろん余《よ》も、いままでと同《おな》じように、隠密《おんみつ》をつかって天怪《てんかい》をさぐるつもりじゃ。しかしいまは、一人《ひとり》でもたよれる味方《みかた》がほしい。とくに、そなたのように実際《じっさい》に天怪《てんかい》と戦《たたか》い、そのおそろしさを身《み》をもって知《し》っている味方《みかた》がな……」

※隠密《おんみつ》とは、身分《みぶん》をかくして秘密《ひみつ》をさぐるもののこと

思《おも》いもしなかった将軍《しょうぐん》からのたのみに、コン七《しち》は少《すこ》し考《かんが》えこみました。

「どうじゃ、コン七《しち》。引《ひ》き受《う》けてくれぬか？」

「その前《まえ》に、一《ひと》つだけ聞《き》いておきたいことがあります」

「ほう、なんじゃ？」

「将軍様《しょうぐんさま》と天怪《てんかい》は、どうして仲《なか》が悪《わる》くなったんですか？」

きさま！将軍様《しょうぐんさま》にむかってそのように立《た》ち入《い》ったことを…！
ちょうしに乗《の》るでない！
ずいっ
二人《ふたり》とも、やめよ！

なるほどな…。ケンカの理由をちゃんと聞《き》かないうちは、どちらに味方《みかた》するか決《き》められないというわけか？

まぁ、そういうことです。

「一言《ひとこと》で言《い》うなら、妖怪《ようかい》お江戸《えど》のおさめ方《かた》について、意見《いけん》がちがったのじゃ。天怪《てんかい》は、妖怪《ようかい》お江戸《えど》を、国《くに》の都《みやこ》として立派《りっぱ》につくりあげ、そしてきびしくおさめようと考《かんが》えた。選《えら》ばれた妖怪《ようかい》たちだけが住《す》む、理想《りそう》の都《みやこ》にしようとしたのじゃ。さらにやつは、国全体《くにぜんたい》も、数多《かずおお》くの決《き》まりごとによってきびしくおさめるべきだと考《かんが》えておった。しかし、余《よ》はちがった。余《よ》は、妖怪《ようかい》お江戸《えど》も、そしてこの国《くに》も、だれもが自由《じゆう》にくらせるようにしたかったのじゃ」

「自由《じゆう》に……ですか？」

「そうじゃ。自由《じゆう》に、のびのびとな」

だから余《よ》は、妖怪《ようかい》お江戸《えど》に役人《やくにん》をあまり数多《かずおお》くはおかなかった……。人々《ひとびと》の生活《せいかつ》や悪事《あくじ》をとりしまる役人《やくにん》をたくさんおけば、たしかに町《まち》の平和《へいわ》はたもたれるかもしれん。しかしその分《ぶん》、みんなが役人《やくにん》の顔色《かおいろ》ばかりうかがい、きゅうくつな思《おも》いをするであろう？
それはたしかにそうですけど、悪事《あくじ》をたくらむやつにとっちゃ、役人《やくにん》が少《すく》ないのはもってこいだ。だから、オイラたちみたいな岡《おか》っ引《び》きが必要《ひつよう》になるんでさ。

そう、それなのじゃ、コン七《しち》！
ブーン
役人《やくにん》が少《すく》ないと思《おも》った妖怪《ようかい》お江戸《えど》の住人《じゅうにん》たちは、自分《じぶん》たちで勝手《かって》に、岡《おか》っ引《ぴ》きなどという職業《しょくぎょう》をつくってしまったのじゃ！
と、飛《と》んだ……

将軍《しょうぐん》が言《い》うように、岡《おか》っ引《ぴ》きは、将軍《しょうぐん》によってさだめられた役目《やくめ》ではなく、妖怪《ようかい》お江戸《えど》の住人《じゅうにん》たちが、自発的《じはつてき》につくりだした職業《しょくぎょう》なのです。

「それこそ、余《よ》がのぞんでいたことなのじゃ！　妖怪《ようかい》お江戸《えど》をはじめ、この国《くに》に住《す》むものたちが、自分《じぶん》たちで考《かんが》え、自分《じぶん》たちでくふうして、自分《じぶん》たちの生活《せいかつ》をきずいていく！　すばらしいことだと思《おも》わぬか？　しかし天怪《てんかい》は、それをわかろうとしなかった。残念《ざんねん》なことじゃ……。」

そんな将軍《しょうぐん》の言葉《ことば》を聞《き》いて、コン七《しち》の心《こころ》は決《き》まりました。

「将軍様《しょうぐんさま》、よっくわかりました。オイラも、みんなが自由《じゆう》にのびのびくらしている、いまの妖怪《ようかい》お江戸《えど》が大好《だいす》きなんでさ！」

「おお、そう言《い》ってくれるか！」

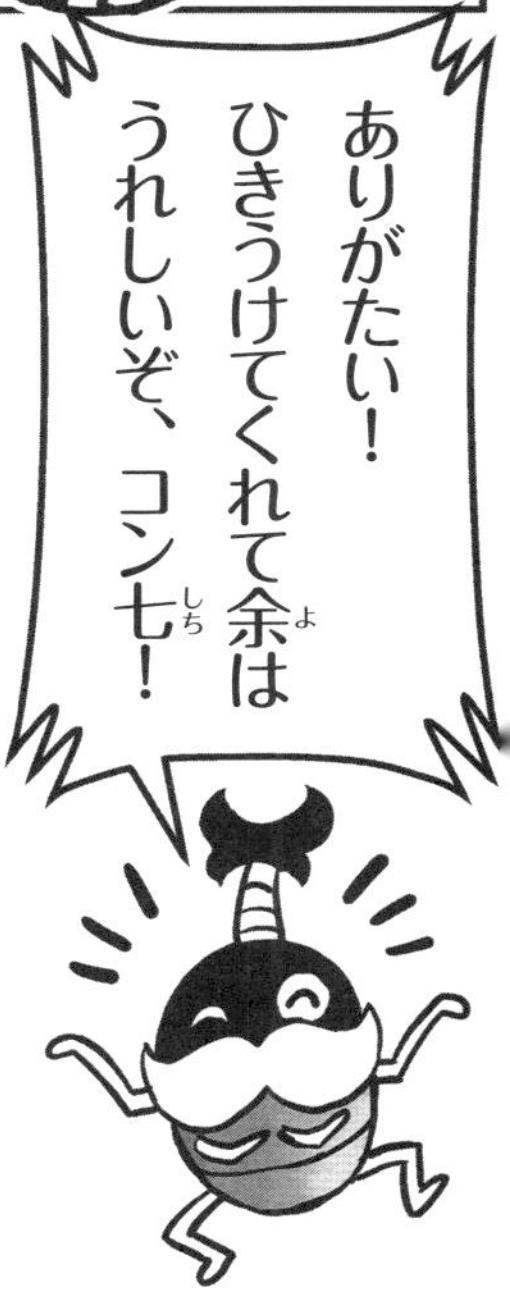

「さっそくですが将軍様《しょうぐんさま》、ひょっとしたら天怪《てんかい》がからんでいるかもしれない事件《じけん》が、いま妖怪富士《ようかいふじ》でおこっています」

「なに、妖怪富士《ようかいふじ》じゃと？　眼魔《がんま》、その情報《じょうほう》は本当《ほんとう》か？」

「いえ、はずかしながら、われら隠密《おんみつ》はまだその情報《じょうほう》をつかんでおりません」

「…てなわけで、オイラはこれからすぐ妖怪富士《ようかいふじ》に向《む》かわなきゃなりません！」

「行《い》ってしまいおった。やれやれ、せわしないやつじゃ……。さて、眼魔《がんま》よ」

「はっ！」

「そなた、これからはコン七《しち》をひそかに見守《みまも》るがよい。そして、何《なに》かあれば助《たす》けてやってくれ」

「かしこまりました」

ダダダダ…

待《ま》ってろよゼロ吉《きち》！

いま行《い》くからな!!

たのんだぞ、コン七《しち》……。

ほんの少《すこ》し前《まえ》には、想像《そうぞう》もつかなかったことですが、天下《てんか》の大将軍《だいしょうぐん》に見送《みおく》られながら、コン七《しち》は妖怪富士《ようかいふじ》へと急《いそ》いだのです。

ちょっといっぷく 妖怪紹介《ようかいしょうかい》しょうかい?

妖怪大将軍《ようかいだいしょうぐん》とその家来《けらい》編《へん》

妖怪大将軍《ようかいだいしょうぐん》(兜角長《かぶとつのなが》)

コン七《しち》たちが住《す》んでいる国《くに》(妖怪日ノ本《ようかいひのもと》)をおさめている殿様《とのさま》が、この妖怪大将軍《ようかいだいしょうぐん》なんだ。もともとは、強《つよ》い妖力《ようりょく》を持《も》った大《おお》きなカブトムシ妖怪《ようかい》だったけど、いまは、天怪《てんかい》にかけられた呪《のろ》いのせいで、妖力《ようりょく》をすべてうしない、その姿《すがた》も、ただの小《ちい》さなカブトムシのようになってしまっているぞ。

こう見《み》えて、昔《むかし》はけっこう強《つよ》かったんじゃぞ!

→将軍《しょうぐん》が、もとの姿《すがた》にもどる日《ひ》は来《く》るのだろうか?

●かつては、天怪《てんかい》と力《ちから》を合《あ》わせ、天下《てんか》を平定《へいてい》した!

かつて妖怪日ノ本《ようかいひのもと》は、力《ちから》のある妖怪《ようかい》たちがたがいにあらそう、戦乱《せんらん》の絶《た》えない国《くに》だった。そんな戦乱《せんらん》をしずめ、天下《てんか》を平定《へいてい》したのが、当時《とうじ》はまだ兜角長《かぶとつのなが》と名《な》のっていた妖怪大将軍《ようかいだいしょうぐん》なんだ。天怪《てんかい》は軍師《ぐんし》として、天下平定《てんかへいてい》に協力《きょうりょく》していたぞ。

将軍の家来❶
鍬《くわ》山《やま》形《かた》之《の》進《しん》

将軍《しょうぐん》が兜角長《かぶとつのなが》と名《な》のっていたころからの家《け》来《らい》。クワガタムシの妖怪《ようかい》で、二本《にほん》の長《なが》いツノのようなものは、じつはアゴ。このアゴにはさまれたものは、のがれることはできないぞ！

将軍《しょうぐん》の家来《けらい》❷
髪《かみ》川《かわ》切《きり》之《の》丞《じょう》

鍬山《くわやま》と同《おな》じく、昔《むかし》からの将軍《しょうぐん》の家来《けらい》。カミキリムシが妖怪《ようかい》になったもので、鋭《するど》いキバでなんでもかみ切《き》ってしまう。動《うご》きも素早《すばや》いぞ！

将軍《しょうぐん》の家来《けらい》❸
百《どう》目《め》鬼《き》の眼《がん》魔《ま》

将軍《しょうぐん》が、天怪《てんかい》の動向《どうこう》をさぐるためにつかっている隠《おん》密《みつ》。その素性《すじょう》は一《いっ》切《さい》不明《ふめい》だが、隠密《おんみつ》としての腕《うで》は一流《いちりゅう》。手下《てした》もたくさんいるぞ！

第《だい》三《さん》話《わ》 ゼロ吉《きち》対《たい》天《てん》怪《かい》

雪狼《ゆきおおかみ》のおかげで、ゼロ吉《きち》たちはあっという間《ま》に妖怪《ようかい》富士《ふじ》に着《つ》きました。

ゼロ吉《きち》はまず、生《う》まれ故郷《こきょう》の針子津村《はりねづむら》に行《い》き、おじいさんの三太夫《さんだゆう》に会《あ》いました。

ゼロ吉《きち》…わしのかわりに、美雪《みゆき》と氷牙《ひょうが》をたのむ！
わかったよ、じいちゃん。だからゆっくり休《やす》んでな。

そして、万一《まんいち》のときにそなえて、戦《たたか》いの用意《ようい》をととのえたのち、雪《ゆき》が降《ふ》りしきる妖怪富士《ようかいふじ》にのぼりはじめたのです。

あたしが変《へん》なやつらにおそわれたのは、この少《すこ》し先《さき》だよ。

そうか…。なら、用心《ようじん》して、姿《すがた》を隠《かく》して進《すす》むか。

おまえたちはここで待《ま》ってろ。もし丸一日《まるいちにち》たってもオレたちがもどらなかったら、それをじいちゃんにしらせるんだ！

それじゃ美雪《みゆき》、たのむぜ。

あいよっ！

妖術《ようじゅつ》、雪隠《ゆきがく》れ!!

ぴょおお～

美雪《みゆき》が巻《ま》き起《お》こした雪煙《ゆきけむり》は、たちまち、ゼロ吉《きち》と美雪《みゆき》の体《からだ》を包《つつ》みこみました。

これで、二人《ふたり》の姿《すがた》は、外《そと》からはまったく見《み》えなくなりました。二人《ふたり》は、再《ふたた》び先《さき》に進《すす》みはじめました。

しばらくすると、美雪《みゆき》が言《い》ったように、妖忍《ようにん》たちがあらわれました。しかし、ゼロ吉《きち》たちには気《き》がつきません。

ゼロ吉《きち》は、雪煙《ゆきけむり》のすき間《ま》から、妖忍《ようにん》たちの姿《すがた》を見《み》て、小声《こごえ》でつぶやきました。

「やっぱりあいつらか……」

「あんた、あの連中《れんちゅう》を知《し》ってるのかい？」

「まあな……。くわしいことは、氷牙《ひょうが》のおっちゃんを助《たす》けてから話《はな》してやるよ」

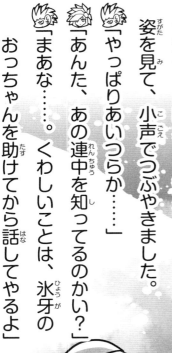

二人《ふたり》は、妖忍《ようにん》たちに見《み》つかることなく、妖怪富士《ようかいふじ》の頂上《ちょうじょう》にたどりつきました。
するとそこには、これまで見《み》たこともない不思議《ふしぎ》な塔《とう》が建《た》っていたのです。

「いつの間《ま》にあんな塔《とう》が？」
ゼロ吉《きち》は、その塔《とう》にある窓《まど》から、雪雲《ゆきぐも》が放出《ほうしゅつ》されているのに気付《きづ》きました。

「見《み》ろ！　あそこから雪雲《ゆきぐも》がつぎつぎと吐《は》き出《だ》されてる。きっとあれが大雪《おおゆき》の原因《げんいん》だ！」

「そんなことができるのは父《とう》ちゃんだけだよ！」

「じゃ、氷牙《ひょうが》のおっちゃんはあそこにいるのか。よし美雪《みゆき》、塔《とう》に忍《しの》びこむぞ！」

二人《ふたり》は塔《とう》に向《む》かいました。

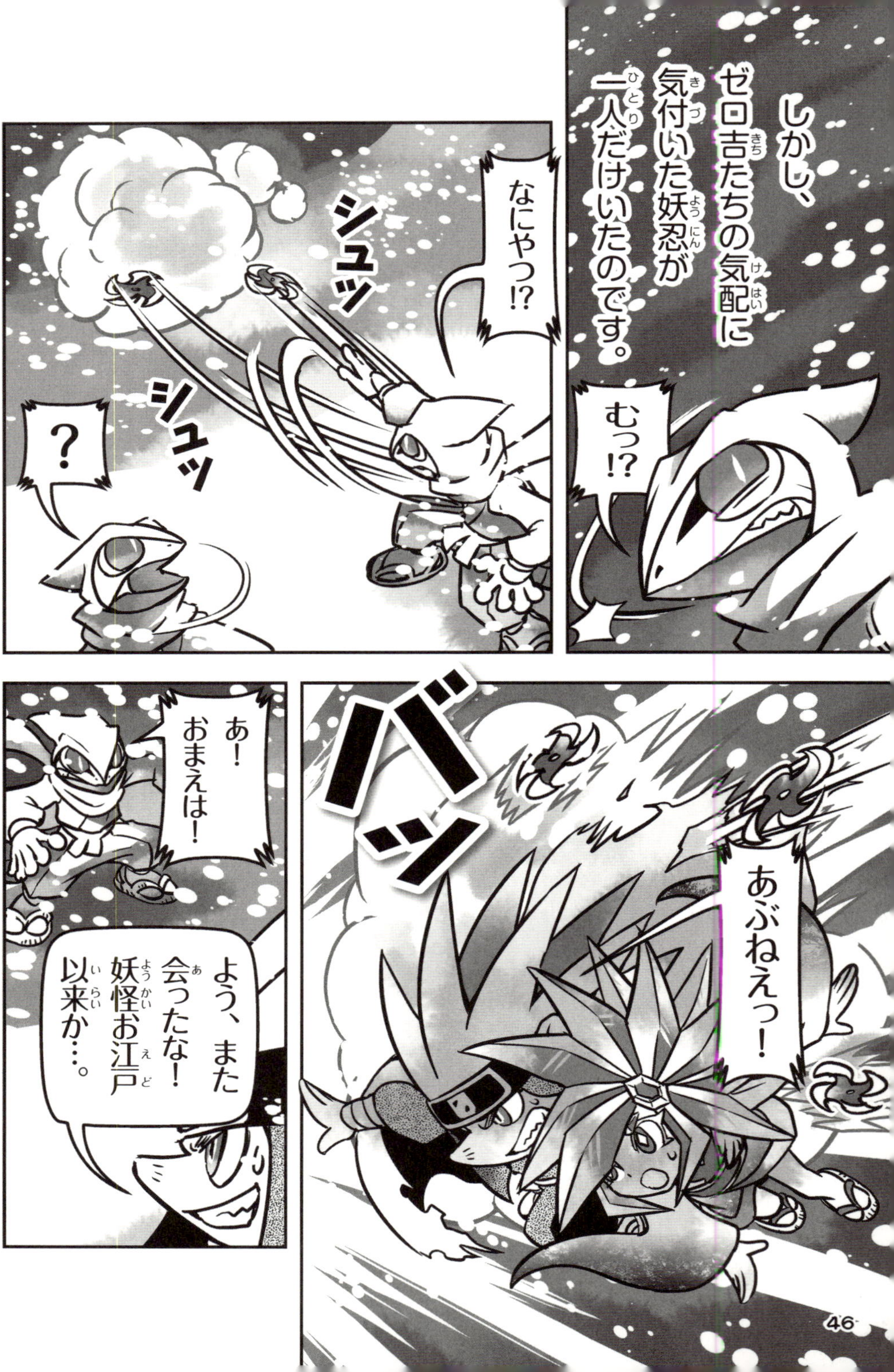
しかし、ゼロ吉《きち》たちの気配《けはい》に気付《きづ》いた妖忍《ようにん》が一人《ひとり》だけいたのです。
むっ!?
なにやつ!?
シュッ
シュッ
?
バッ
あぶねえっ!
あ!おまえは!
よう、また会《あ》ったな!妖怪《ようかい》お江戸《えど》以来《いらい》か…。

オレの飛《と》び針《ばり》の味《あじ》、おぼえてるか？
バババッ
ふん、同《おな》じ手《て》を食《く》うか！
シャッ
ザザッ
ザッ
ちっ、はずしたか…。美雪《みゆき》、油断《ゆだん》するな！
わかってるよ！この前《まえ》のかりを返《かえ》してやる！
妖術《ようじゅつ》！六花《りっか》の舞《まい》!!
美雪《みゆき》は、雪《ゆき》の結晶《けっしょう》のような形《かたち》をした氷《こおり》の手裏剣《しゅりけん》を放《はな》ちました!!
ヒュン
ヒュン

しかし、美雪《みゆき》の攻撃《こうげき》は、妖忍《ようにん》たちにたやすくかわされてしまいました。

「ダメだ、ゼロ吉《きち》！　やっぱりこいつら、動《うご》きが速《はや》すぎるよ」

「だったら、動《うご》きを止《と》めるまでだ！」

ゼロ吉《きち》は、ふところから小《ちい》さな爆弾《ばくだん》を取《と》りだすと、すばやく火《ひ》をつけ、宙《ちゅう》に投《な》げ上《あ》げました！

それは、ゼロ吉《きち》があらかじめ用意《ようい》しておいた、強烈《きょうれつ》な照明弾《しょうめいだん》でした。

氷結《ひょうけつ》の術《じゅつ》！
ヒュー！ッ
美雪《みゆき》は口《くち》から、冷《つめ》たい息《いき》を吐《は》きました。
その息《いき》を浴《あ》びた妖忍《ようにん》たちは、たちまちこおりついてしまったのです！
カキーン
残《のこ》ったのはおまえだけだ！どうする、まだやるか？
当《あ》たり前《まえ》だ！

ぐっ
ずぶ…
ブンッ
おもしれえ!
行《い》くぞ!
ビュッ
シャキン
覚悟《かくご》しろ!
ガキン
なんの!

そんな地上《ちじょう》での戦《たたか》いを、天怪《てんかい》は、塔《とう》の最上階《さいじょうかい》の部屋《へや》から見《み》ていました。

ゴオオオ……

その部屋《へや》には、氷牙《ひょうが》がとらえられていました。氷牙《ひょうが》は、催眠術《さいみんじゅつ》でもかけられているのか、うつろな表情《ひょうじょう》で、ただひたすら、雪雲《ゆきぐも》を吐《は》きつづけています。

うぬ、ジャマが入《はい》りそうじゃの…。

いまは大事《だいじ》なとき…。仕方《しかた》がない、わしが直々《じきじき》に相手《あいて》をするか。

くくく…

最後《さいご》に残《のこ》った妖忍《ようにん》は、ゼロ吉《きち》とほぼ互角《ごかく》の戦《たたか》いをくりひろげました。
ザザッ
ガッ
キーン
しかしゼロ吉《きち》は、一瞬《いっしゅん》のスキをついて、相手《あいて》の刀《かたな》をはじきとばしました！
しまった！
よし、いまだっ！
シュッ
なにっ!?

うぬっ！
ふ〜、どうやら勝負《しょうぶ》はついたようだな…。
ゼロ吉《きち》、さすがだね！

けど、なかなかいい腕《うで》だったぜ。おまえ、名前《なまえ》は？

月光妖忍軍《げっこうようにんぐん》、妖忍頭《ようにんがしら》の赤目《あかめ》…。さあ、煮《に》るなり焼《や》くなり好《す》きにしろ！

「赤目《あかめ》か……。おまえをどうするか決《き》めるのは、この大雪《おおゆき》を降《ふ》らせている理由《りゆう》を聞《き》いてからだ。さあ、おまえたちがなにをたくらんでいるのか、話《はな》してもらおう」

そのとき、ゼロ吉《きち》の背後《はいご》からぶきみな声《こえ》がひびいてきました。

「くくく…、それはわしが教《おし》えてやろう」

く く く ……
あっ!
ゼロ吉《きち》が
ふりかえると、
そこには天怪《てんかい》の
姿《すがた》がありました。
天怪様《てんかいさま》!

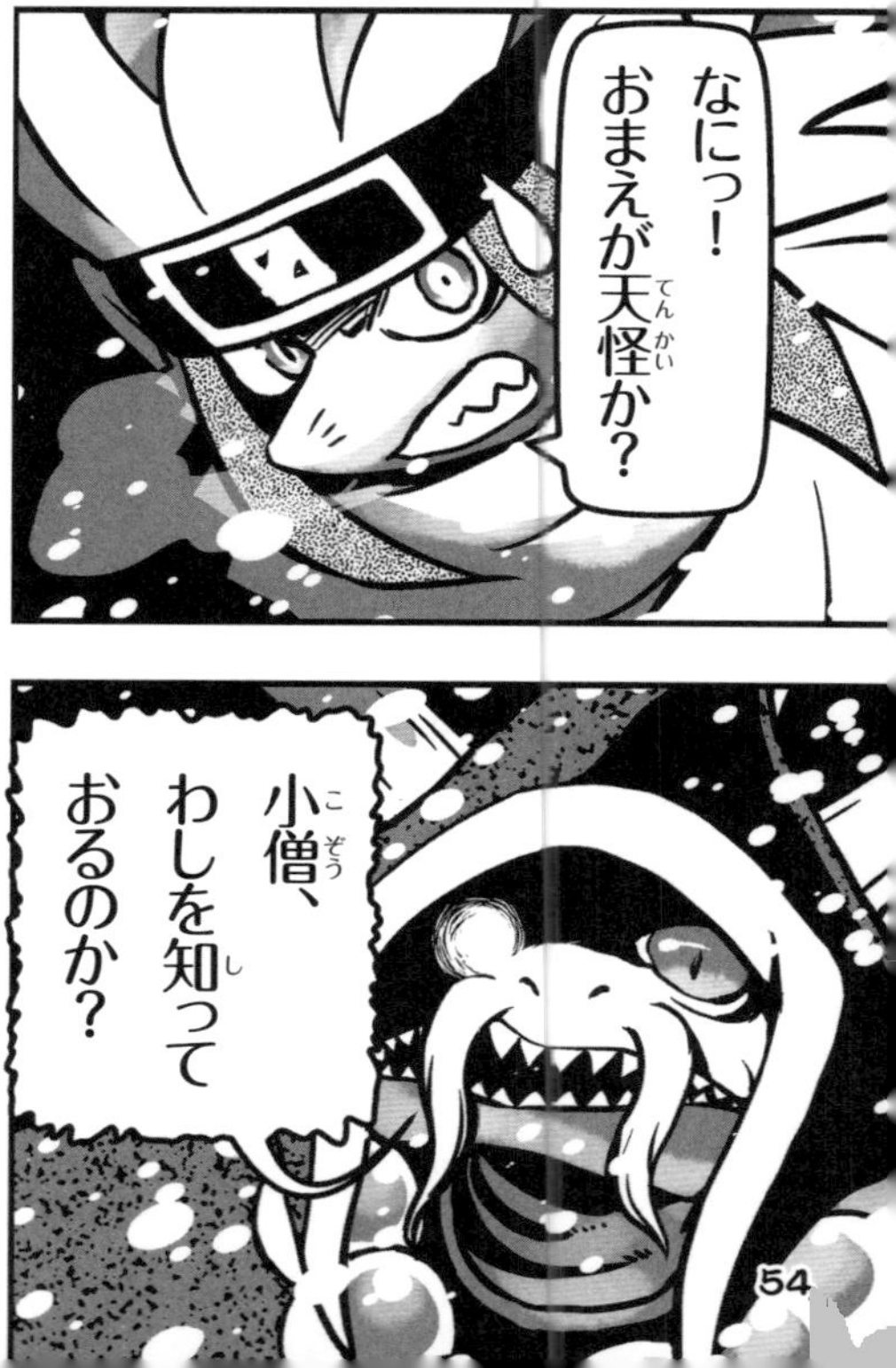
なにっ!
おまえが天怪《てんかい》か?
小僧《こぞう》、
わしを知《し》って
おるのか?

「まあな。この前《まえ》、知《し》り合《あ》いがちょっと世話《せわ》になったもんでな」

「天怪様《てんかいさま》!　そいつは例《れい》の岡《おか》っ引《ぴ》きの仲間《なかま》です」

「ほう、そうか……。ならば、この前《まえ》の礼《れい》をしておかなければならんな」

「ふん、できるもんならやってみな!」

と、強気《つよき》な言葉《ことば》を発《はっ》したゼロ吉《きち》ですが、内心《ないしん》では、はじめて見《み》た天怪《てんかい》に、かつて経験《けいけん》したことのないおそろしさを感《かん》じていました。
……コン七《しち》から聞《き》いてはいたが、たしかにこいつ、タダモノじゃない……!

おい! 父《とう》ちゃんになにをした!?
父《とう》ちゃんだと? するとおまえ、あの雪男《ゆきおとこ》の娘《むすめ》か?

「そうだ! 父《とう》ちゃんを返《かえ》せ!」

「それは無理《むり》じゃ。おまえの父《ちち》はいま、白虎《びゃっこ》をよみがえらせるために働《はたら》いておる」

「白虎《びゃっこ》?」

「そうじゃ。しかし、ちょうどよかった。あの雪男《ゆきおとこ》、そろそろ妖力《ようりょく》が尽《つ》きかけておるようじゃ」

「なんだって!?」

「やつの力《ちから》が尽《つ》きたら、今度《こんど》は娘《むすめ》のおまえに働《はたら》いてもらうかの。くくく……」

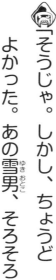

よくも父《とう》ちゃんを……！
許《ゆる》さない!!
ムダな
ことじゃ…。
ヒューン
シュウウウウ
え!?
天怪《てんかい》には、相手《あいて》の
妖力《ようりょく》を吸《す》い取《と》り、
それを撃《う》ち返《かえ》す
力《ちから》があるのです！
ほれ、
お返《かえ》しじゃ！
ゴーーーッ

美雪《みゆき》、あぶねえっ!
あっ!
ゼロ吉《きち》っ!
うわーーっ!
おやおや、おまえの妖力《ようりょく》で、仲間《なかま》がこおりついてしまったではないか。
くくく…

天怪《てんかい》の強力《きょうりょく》な催眠術《さいみんじゅつ》にかかった美雪《みゆき》は、たちまち気《き》を失《うしな》ってしまいました。

その間《あいだ》に赤目《あかめ》は、ゼロ吉《きち》の針《はり》をなんとか自分《じぶん》で抜《ぬ》いて、やっと自由《じゆう》を取《と》りもどしたのです。

天怪《てんかい》は、そんな赤目《あかめ》にこう命《めい》じました。

「この二人《ふたり》を、塔《とう》の地下牢《ちかろう》に閉《と》じこめておけ」

「は、かしこまりました」

「それと、仲間《なかま》がここに来《き》たということは、あの岡《おか》っ引《ぴ》きもまたあらわれるかもしれん。くれぐれも油断《ゆだん》するな！」

白虎《びゃっこ》がよみがえるまで、決《けっ》してジャマをさせるわけにはいかんのだ！よいな！
ふううう
そう言《い》うと天怪《てんかい》は、再《ふたた》び塔《とう》の最上階《さいじょうかい》へもどって行《い》きました。
はっ！
赤目《あかめ》は、ゼロ吉《きち》と美雪《みゆき》を、それぞれ別《べつ》の牢《ろう》に入《い》れました。
ガチャン
そして、それを報告《ほうこく》するため、天怪《てんかい》のところに向《む》かったのです。

天怪様《てんかいさま》、ご命令《めいれい》どおり、二人《ふたり》を牢《ろう》に入《い》れました。
うむ、そうか。

「しかし天怪様《てんかいさま》、白虎《びゃっこ》は本当《ほんとう》にこの近《ちか》くにいるのでしょうか？」

「それはまちがいない！　わしは、ありとあらゆる古文書《こもんじょ》をしらべつくしたのじゃ！」

月光《げっこう》で、古代《こだい》から眠《ねむ》っていた神獣《しんじゅう》・玄武《げんぶ》を見《み》つけた天怪《てんかい》は、あらためて、神獣《しんじゅう》についてくわしくしらべました。そして、玄武《げんぶ》のほかにも神獣《しんじゅう》がいることをつきとめたのです。

二匹目《にひきめ》の神獣《しんじゅう》、白虎《びゃっこ》は、きっとこの妖怪富士《ようかいふじ》に眠《ねむ》っている！
その証拠《しょうこ》に、この水晶玉《すいしょうだま》を見《み》つけたではないか!!

それは天怪《てんかい》が、
妖怪富士《ようかいふじ》の
山頂《さんちょう》にある
小《ちい》さな祠《ほこら》で
見《み》つけたものでした。

「玄武《げんぶ》をよみがえらせたのと、同《おな》じ玉《たま》じゃ。
しかし、玄武《げんぶ》とはちがい、玉《たま》を見《み》つけた
だけでは白虎《びゃっこ》はよみがえらぬ。なぜなら、
白虎《びゃっこ》は、雪《ゆき》と氷《こおり》の世界《せかい》を好《この》むからじゃ。
あたりが完全《かんぜん》に雪《ゆき》と氷《こおり》にとざされ、極寒《ごっかん》の
地《ち》にかわったとき、白虎《びゃっこ》は姿《すがた》をあらわす……
そう古文書《こもんじょ》にも書《か》いてあったわ」

じゃからわしは、この雪男《ゆきおとこ》に催眠術《さいみんじゅつ》をかけ、雪《ゆき》を降《ふ》らせつづけておるのじゃ！

それこそ、天怪《てんかい》が氷牙《ひょうが》をさらった理由《りゆう》だったのです。

もう少《すこ》しじゃ……。もう少《すこ》したてば、きっと白虎《びゃっこ》はよみがえる。さすれば、その白虎《びゃっこ》をあやつり、妖怪《ようかい》お江戸《えど》に攻《せ》めこんでやるわ！
くくく……

ちょっといっぷく 妖怪紹介《ようかいしょうかい》しようかい？

天怪《てんかい》と妖忍頭《ようにんがしら》の赤目《あかめ》編《へん》

天怪《てんかい》

妖怪《ようかい》お江戸《えど》の壊滅《かいめつ》をたくらみ、そのために手段《しゅだん》を選《えら》ばない天怪《てんかい》！　その天怪《てんかい》が、今回《こんかい》はじめて見《み》せた妖力《ようりょく》を、あらためてくわしく紹介《しょうかい》するぞ！

●相手《あいて》の妖力《ようりょく》を撃《う》ちかえすことができる！

美雪《みゆき》との戦《たたか》いで見《み》せたように、天怪《てんかい》は、相手《あいて》の攻撃《こうげき》を一度《いちど》吸収《きゅうしゅう》し、それを撃《う》ちかえすことができるんだ！

狐火《きつねび》をくらえ！
天怪《てんかい》の右目《みぎめ》は、空《くう》洞《どう》のようになっていて、敵《てき》の攻撃《こうげき》を吸《す》いこむことができる！
すぅ〜
そして、吸《す》いこんだのと同《おな》じ攻撃《こうげき》を、今度《こんど》は口《くち》から撃《う》ちかえすんだ！
ボッ

●催眠術《さいみんじゅつ》や呪術《じゅじゅつ》が得意《とくい》！

天怪《てんかい》は、人《ひと》をあやつる催眠術《さいみんじゅつ》や、人《ひと》に呪《のろ》いをかける呪術《じゅじゅつ》が得意《とくい》だ。天怪《てんかい》の術《じゅつ》からのがれられる妖怪《ようかい》は、ほとんどいない！

さあ、雪《ゆき》を降《ふ》らせろ！

妖忍頭《ようにんがしら》

赤目《あかめ》

天怪《てんかい》の手足《てあし》となって働《はたら》く妖怪忍者《ようかいにんじゃ》の部隊《ぶたい》・月光《げっこう》妖忍軍《ようにんぐん》。その頭《かしら》をつとめるのが赤目《あかめ》だ。ほかの妖《よう》忍《にん》たちよりも、ずっと腕《うで》が立《た》つぞ！

●毒針《どくばり》にも刀《かたな》にもなるシッポのトゲ

赤目《あかめ》のシッポのトゲには軽《かる》い毒《どく》があり、刺《さ》されたものは体《からだ》がマヒしてしまうんだ。さらにそのトゲは、手《て》で引《ひ》き抜《ぬ》くと、刀《かたな》のような武器《ぶき》になるぞ！

●天怪《てんかい》の左目《ひだりめ》から生《う》まれた！

妖忍《ようにん》たちはすべて、天怪《てんかい》の体《からだ》の一部《いちぶ》から生《う》まれている。天怪《てんかい》には強《つよ》い再生《さいせい》能力《のうりょく》があるので、体《からだ》の一部《いちぶ》をうしなっても、すぐもとにもどるんだ！

そして赤目《あかめ》は、天怪《てんかい》が一番最初《いちばんさいしょ》に生《う》みだした妖忍《ようにん》。しかも、自分《じぶん》の左目《ひだりめ》をつかって生《う》みだしたんだ。

第《だい》四《よん》話《わ》 雪中《せっちゅう》の死闘《しとう》

牢《ろう》に閉《と》じこめられた美雪《みゆき》は、しばらくして意識《いしき》をとりもどしました。

自分《じぶん》が牢《ろう》の中《なか》にいることに気《き》づいた美雪《みゆき》は、なんとかそこから出《で》ようと、牢《ろう》の扉《とびら》を力《ちから》いっぱい押《お》したり引《ひ》いたりしてみましたが、扉《とびら》はビクともしません。

と、そこへ、一人《ひとり》の妖忍《ようにん》がやってきました……。

おい！あたしをここから出《だ》せ！
美雪《みゆき》さん、そんなにどならなくても、すぐ出《だ》してあげるよ。
えっ？
あらよっ！
ボワン
なんとそれは、変化《へんげ》の術《じゅつ》で妖忍《ようにん》に化《ば》けたコン七《しち》だったのです！
コン七《しち》さん！
シッ！しずかに！
ガチャ

コン七《しち》はまず、ふもとの針子津村《はりねづむら》をたずねました。そこで三太夫《さんだゆう》から、ゼロ吉《きち》たちがすでに山《やま》にのぼったことを聞《き》いたのです。

「で、オイラもすぐ妖怪富士《ようかいふじ》にのぼりはじめ、頂上《ちょうじょう》あたりまで来《き》たとき、この怪《あや》しい塔《とう》を見《み》かけたんだ。まわりには妖忍《ようにん》たちもウロウロしていたので、その一人《ひとり》に化《ば》けて塔《とう》の中《なか》をさぐっていたら、ここであんたを見《み》つけたってわけさ」

美雪《みゆき》は、自分《じぶん》たちが天怪《てんかい》と戦《たたか》って敗《やぶ》れ、つかまってしまったことをコン七《しち》に話《はな》しました。

「じゃあゼロ吉《きち》もどこかの牢《ろう》に? 早《はや》くさがさなきゃ!」

一緒《いっしょ》にほかの牢《ろう》をさがしはじめたコン七《しち》と美雪《みゆき》は、すぐにゼロ吉《きち》を見《み》つけました。

ゼロ吉《きち》はまだ、こおったままでした。

「ごめんよゼロ吉《きち》、あたしの術《じゅつ》のせいで……」

「こりゃあ、氷《こおり》をとかすしかないな」

「どうやって？　あたしの術《じゅつ》では、こおらすことはできても、とかすことはできないんだ」

「大丈夫《だいじょうぶ》、オイラにまかせときな！」

コン七《しち》は、高熱《こうねつ》を発《はっ》する狐火《きつねび》を出《だ》し、その熱《ねつ》で氷《こおり》をとかしはじめました。

「て、てやんでい！　おまえにも見《み》せ場《ば》を残《のこ》しておいてやったんだよ！　それよりコン七《しち》、氷牙《ひょうが》のおっちゃんがいるのは、この塔《とう》の一番上《いちばんうえ》だ。ただし、そこにはきっと天怪《てんかい》もいる。それに妖忍《ようにん》たちも…」

「全員《ぜんいん》を相手《あいて》にするのは、やっかいだな」

そのころ、塔《とう》の最上階《さいじょうかい》の部屋《へや》にいる天怪《てんかい》たちは……。
ええい、白虎《びゃっこ》はまだか!

な、なにっ!?
ドドーーン

突然《とつぜん》の轟音《ごうおん》に、天怪《てんかい》はおどろきました。

「な、なんだあの音《おと》は?」

「わかりません! 地下牢《ちかろう》の方《ほう》から聞《き》こえてきたようですが……」

「ええい、この大事《だいじ》なときに……。おまえたち、すぐに様子《ようす》を見《み》てこい!」

天怪《てんかい》に命《めい》じられ、妖忍《ようにん》たちは部屋《へや》を飛《と》び出《だ》しました。
ダダダダ……

「へへっ、うまい具合《ぐあい》にひっかかってくれたぜ」

ゼロ吉《きち》は、地下《ちか》に爆弾《ばくだん》をしかけて大《おお》きな音《おと》を出《だ》し、天怪《てんかい》と妖忍《ようにん》たちとをひきはなしたのです。

「これでどうやら、敵《てき》は天怪《てんかい》一人《ひとり》のようだな」

「けど、相手《あいて》はあの天怪《てんかい》だ。油断《ゆだん》するな！」

「わかってるよ」

「よし、行《い》くぞ！」

またしても
おまえか…。
美雪《みゆき》、はやく
おっちゃんを！
父《とう》ちゃん！
ところが
そのとき、
塔《とう》全体《ぜんたい》を、
はげしい揺《ゆ》れが
おそいました！
ゴゴゴゴゴ
なにっ!?
それは、さっきの
爆発《ばくはつ》とはくらべものに
ならないくらいの、
すさまじい揺《ゆ》れでした。
グラグラ

塔《とう》の中《なか》にいるコン七《しち》たちは、立《た》っているのもやっとの状態《じょうたい》です。

「このままじゃ、塔《とう》が倒《たお》れるぞ！」

しかし、天怪《てんかい》の顔《かお》には、ぶきみな笑《え》みが浮《う》かんでいます。

「おおっ、これはもしや……」

コン七《しち》たちが飛《と》び出《だ》した直後《ちょくご》、塔《とう》はくずれおちてしまいました。
あぶなかった…。
お…おおっ、美雪《みゆき》！それにゼロ吉《きち》まで…。
父《とう》ちゃん！気《き》がついたんだね！
おっちゃん！
よかった！
おい、気《き》をつけろ！塔《とう》の下《した》からなにか出《で》てくるぞ！

ガオオオオーン！
白虎《びゃっこ》
ガオーン
さあ、白虎《びゃっこ》よ！
手《て》はじめにそいつらを
片付《かたづ》けてしまえ！

おおっ、白虎《びゃっこ》！
そうか……
塔《とう》の真下《ました》に
眠《ねむ》っていたのか！
地《ち》を割《わ》って
あらわれたのは、
体全体《からだぜんたい》が氷《こおり》で
おおわれた、
おそろしい
虎《とら》の怪物《かいぶつ》でした！
こ、こいつは……!!
白虎《びゃっこ》は、巨大《きょだい》な
氷《こおり》のトゲを、全身《ぜんしん》から
発射《はっしゃ》しました！
バババ…

ドスッ
うわっ!
美雪《みゆき》、気《き》をつけろ!
ドスッ
白虎《びゃっこ》は氷雪《ひょうせつ》の化身《けしん》……氷《こおり》や雪《ゆき》を自在《じざい》にあやつれるのじゃ! しかもその力《ちから》は、雪男《ゆきおとこ》や雪女《ゆきおんな》など、足《あし》もとにもおよばないほど強力《きょうりょく》なのじゃ!
くっ! このままやられてたまるか!
コン七《しち》! 反撃《はんげき》だ!!

しかし、狐火《きつねび》も飛《と》び針《ばり》も、白虎《びゃっこ》の体《からだ》に傷《きず》をつけることさえできません。

「だ、だめだ！　全然《ぜんぜん》きいてねえ！」

「あいつの体《からだ》……おそろしく固《かた》い氷《こおり》の鎧《よろい》をまとっているようだ！　あれをどうにかしないと、勝《か》ち目《め》はない！」

天怪《てんかい》は、勝《か》ちほこったように白虎《びゃっこ》に命令《めいれい》しました。

「さあ白虎《びゃっこ》よ、あいつらをこおらせてしまえ！」

ガオーン
白虎《びゃっこ》は、まるで猛吹雪《もうふぶき》のような息《いき》を、コン七《しち》たちめがけて、吐《は》きかけました！
ゴオオー
まずい！
そのとき、氷牙《ひょうが》が二人《ふたり》の前《まえ》に出《で》ました！
わしにまかせろ！
妖術《ようじゅつ》、氷壁防御《ひょうへきぼうぎょ》!!
おっちゃん！
ドドド

「ただし、そんなに長《なが》くはふせいでいられないぞ!」

「おい、コン七《しち》! 白虎《びゃっこ》を倒《たお》すいい方法《ほうほう》はないのか!?」

コン七《しち》は、必死《ひっし》に知恵《ちえ》をめぐらせました。

「そうか、あの手《て》なら……!」

「なに! どんな手《て》だ?」

「ゼロ吉《きち》、おまえの髪《かみ》の毛《け》は、鋼鉄《こうてつ》と同《おな》じくらいかたくできるんだよな?」

「ああ、できるぜ…」

「そうか……。ただ、準備《じゅんび》にちょっと時間《じかん》がかかる。その間《あいだ》、白虎《びゃっこ》の注意《ちゅうい》をそらせておかなきゃならないんだが……」

「その役目《やくめ》、あたしがひきうけた！」

「美雪《みゆき》さん！」

「お、おい、大丈夫《だいじょうぶ》か？」

「時間《じかん》かせぎすりゃいいんだろ？

まかせときな！」

美雪《みゆき》は、強《つよ》く指笛《ゆびぶえ》を吹《ふ》きました。

それにこたえ、白魔《はくま》と天華《てんか》が走《はし》ってきました。白虎《びゃっこ》は、雪狼《ゆきおおかみ》たちに少《すこ》しおどろいたのか、吹雪《ふぶき》を吐《は》くのをやめました。

そのスキに、美雪《みゆき》は天華《てんか》の背中《せなか》に飛《と》び乗《の》ったのです。

ザザザ…
白魔《はくま》！
天華《てんか》！
行《い》くよ!!
ガンン…
ガオーン
シュッ
シュッ
白虎《びゃっこ》は、雪狼《ゆきおおかみ》たちめがけ、再《ふた》び氷《こおり》のトゲを放《はな》ちました。
ブドッ
ふふん、当《あ》たるもんか！
ドスッ

白魔《はくま》、天華《てんか》！
空《そら》を走《はし》るよ！
ヒューッ
パキーン
美雪《みゆき》は、氷結《ひょうけつ》の術《じゅつ》で、空《そら》へとつづく、長《なが》い氷《こおり》の道《みち》をつくりました！
ダダダ…
そして雪狼《ゆきおおかみ》たちは、その道《みち》をかけあがっていきました！
ガオ～ン！

ぐおおおおん
タタタタタ
あはは…! 相手《あいて》が空《そら》の上《うえ》じゃ、手《て》も足《あし》も出《で》ないようだね!
そうやって美雪《みゆき》が時間《じかん》をかせいでいる間《あいだ》、コン七《しち》たちは……。
カァー!!
ゼロ吉《きち》、大丈夫《だいじょうぶ》か!?
こんなもん、へでもねえ! それより、まだか!?

白虎《びゃっこ》は美雪《みゆき》たちを攻撃《こうげき》しました！
ゴオン！
ババババッ
美雪《みゆき》がのった氷《こおり》の道《みち》をめがけて、たくさんの氷《こおり》のトゲを発射《はっしゃ》したのです！
あっ！
バキッ
ヒュー
ドサッ
し、しまった…。

白虎《びゃっこ》、そんな小娘《こむすめ》にかまわず、岡《おか》っ引《び》きたちを片付《かたづ》けよ！

ガラッ
ん？

そのとき、くずれた塔《とう》の下《した》に埋《う》もれていた妖忍《ようにん》たちが、やっとはい出《だ》してきました。

おまえたちも、岡《おか》っ引《び》きを始末《しまつ》しに行《い》け！

はっ！

白虎《びゃっこ》だけでなく、天怪《てんかい》の命《めい》を受《う》けた妖忍《ようにん》たちも、コン七《しち》のもとに向《む》かいます。コン七《しち》やゼロ吉《きち》の運命《うんめい》は、まさに風前《ふうぜん》の灯火《ともしび》です。

しかし……。

ズボッ
突然《とつぜん》、百目鬼《どうめき》の眼魔《がんま》があらわれ、妖忍《ようにん》たちの前《まえ》に立《た》ちはだかったのです！
あっ！
くわっ
妖術《ようじゅつ》、百目閃光《ひゃくめせんこう》！
ビカッ
眼魔《がんま》の体中《からだじゅう》にある目《め》という目《め》から、すさまじい閃光《せんこう》が放《はな》たれました！

妖忍《ようにん》たちを倒《たお》すと、眼魔《がんま》はすぐに姿《すがた》を消《け》しました。

ふっ
すべては、一瞬《いっしゅん》のできごとでした……。

し、しまった…。

ええい、まだ仲間《なかま》がいたのか！　白虎《びゃっこ》よ、こうなればおまえだけでトドメをさせ！

そのとき、コン七《しち》たちの姿《すがた》をかくしていた氷《こおり》の壁《かべ》が消《き》えました。

スーッ
よう、待《ま》たせたな！

そしてあらわれたゼロ吉《きち》の髪《かみ》は、高熱《こうねつ》をおびた鉄《てつ》のように、まばゆく光《ひか》っていたのです！

ゼロ吉《きち》、やれ！
おうっ！
ハリネズミ妖術《ようじゅつ》、
灼《しゃく》熱《ねつ》地《じ》獄《ごく》針《ばり》!!
ドドドー…
カッ
カカッ
ジューッ
グオォ～!
なにぃ!?

コン七《しち》は、してやったりの表情《ひょうじょう》を浮《う》かべています。

「やっぱりな！　氷《こおり》でできている白虎《びゃっこ》の体《からだ》は高熱《こうねつ》に弱《よわ》い。オイラの狐火《きつねび》程度《ていど》じゃまるできかないが、極限《きょくげん》まで熱《あつ》くしたゼロ吉《きち》の針《はり》なら、氷《こおり》をとかすことができるんだ！」

「やったなコン七《しち》！　オレも、熱《あつ》さにたえた甲斐《かい》があったぜ」

「ゼロ吉《きち》、爆弾《ばくだん》はまだ残《のこ》ってるか？」

「ああ、いっぱいあるぜ」

「だったら、全部《ぜんぶ》空《そら》に投《な》げあげろ！」

ブワッ
それっ！
ありったけの爆弾《ばくだん》を、ゼロ吉《きち》は空《そら》に向《む》かってバラまきました！
ボボッ
ボッ
よし、行《い》くぜ！
狐火《きつねび》、乱《みだ》れ撃《う》ち！

コン七《しち》が放《はな》った狐火《きつねび》は、空《そら》の上《うえ》で、爆弾《ばくだん》に次々《つぎつぎ》と命中《めいちゅう》しました。

そして、爆発《ばくはつ》で飛《と》び散《ち》った炎《ほのお》が、白虎《びゃっこ》の上《うえ》に降《ふ》りそそいだのです！

ゴオオ
す、すげえ…まるで炎《ほのお》の滝《たき》だ！
見《み》ろよ、白虎《びゃっこ》の体《からだ》がとけていくぜ……。

白虎《びゃっこ》の体《からだ》をおおっていた氷《こおり》がすべてとけ、その本体《ほんたい》があらわれました。
シュウウウ
グル…
い、いかん！白虎《びゃっこ》よ、この玉《たま》に入《はい》るのだ！
天怪《てんかい》が水晶玉《すいしょうだま》をかざすと、白虎《びゃっこ》はその中《なか》にすいこまれていきました。
天怪様《てんかいさま》！ここはいったんお引《ひ》きを！
や…やむをえまい。

天怪《てんかい》は、赤目《あかめ》をともなって、空《そら》にまいあがりました。

ともあれ、なんとか白虎《びゃっこ》との激闘《げきとう》に勝《か》ったコン七《しち》たちは、ふもとの針子津村《はりねこづむら》にもどったのです。

そして、村《むら》で一晩《ひとばん》、体《からだ》を休《やす》め、翌朝《よくあさ》、妖怪《ようかい》お江戸《えど》に帰《かえ》ることにしました。
やっぱり妖怪《ようかい》お江戸《えど》に帰《かえ》るのかい？
まあな……。
ねえ、ゼロ吉《きち》。あんたひょっとして、向《む》こうに気《き》になるヒトでもいるのかい？
な、なにいいやがる！そんなこと、あるわけねえ……。
いや……そうかもしれねえな。

ちぇ、オトコの友情《ゆうじょう》ってやつかい? それだったら、ゆるしてやるよ!
ふん! なにをえらそうに言《い》ってやがる!

そこへ、コン七《しち》がやってきて話《はな》しかけました。

「お二人《ふたり》さん、仲《なか》がいいな。ゼロ吉《きち》、なんならおまえ、このまま村《むら》に残《のこ》るか?」

「あ、それがいいや! アッシも、ジャマものが消《き》えて、せいせいすらぁ」

「おいおい、たよりないおまえら二人《ふたり》を、ほっとけるかってんだ! ほれ、さっさと妖怪《ようかい》お江戸《えど》に帰《かえ》るぜ!」

力《ちから》を合《あ》わせ、危機《きき》を乗《の》りこえたコン七《しち》たち。
しかし天怪《てんかい》が、このままだまっているとは思《おも》えません。
次《つぎ》はいったい、どんな手《て》を使《つか》ってくるのでしょう?
それはまた別《べつ》のお話《はなし》で——。

作：大﨑悌造（おおさき　ていぞう）

1959年香川県生まれ。早稲田大学卒。1985年に漫画原作者として文筆活動を開始。子どもの頃から妖怪、怪獣、恐竜などが大好きで、それらに関する書籍の執筆や編集にも携わる。「ほねほねザウルス」シリーズ（岩崎書店）では、著者（ぐるーぷ・アンモナイツ）の一人としてストーリーと構成を担当。他にも、歴史（日本史）、ミステリー、昭和の子ども文化などに関連する著作がある。

画：ありが ひとし

1972年東京都生まれ。ゲームのキャラクターデザインや、漫画、絵本など、絵にまつわる仕事をしている。近年の漫画作品に『ロックマンギガミックス』（カプコン）、「KLONOA」（バンダイナムコゲームス、脚本・JIM ZUB）、絵本に『モンスター伝説めいろブック』（金の星社）がある。ゲーム『ポケットモンスター サン・ムーン』（任天堂、開発・ゲームフリーク）では、クワガノン等10種類のポケモンデザインを担当している。

色彩・妖怪デザイン協力：古代彩乃　作画協力：鈴木裕介

装幀・デザイン：茶谷公人（Tea Design）

お手紙おまちしています！

いただいたお手紙は作者におわたしいたします。
〒112-0005　東京都文京区水道1-9-2
岩崎書店編集部「ようかいとりものちょう」係

ようかいとりものちょう㊅　激闘《げきとう》！雪《ゆき》地獄《じごく》妖怪《ようかい》富士《ふじ》・天怪篇(弐)　NDC913

発行日　2017年2月15日　第1刷発行
　　　　2018年8月15日　第2刷発行

作：大﨑悌造
画：ありが　ひとし
発行者：岩崎弘明
発行所：株式会社岩崎書店
　　　　東京都文京区水道1-9-2（〒112-0005）
　　　　電話 03-3812-9131（営業）03-3813-5526（編集）
　　　　振替 00170-5-96822
印刷：三美印刷株式会社
製本：株式会社若林製本工場

Published by IWASAKI Publishing Co.,Ltd.
Printed in Japan.
ISBN 978-4-265-80956-1
ご意見・ご感想をおまちしています。Email:info@iwasakishoten.co.jp
岩崎書店ホームページ　http://www.iwasakishoten.co.jp

妖怪捕物帖《ようかいとりものちょう》

天怪篇 弐《に》

激《げき》闘《とう》！雪《ゆき》地《じ》獄《ごく》妖《よう》怪《かい》富《ふ》士《じ》